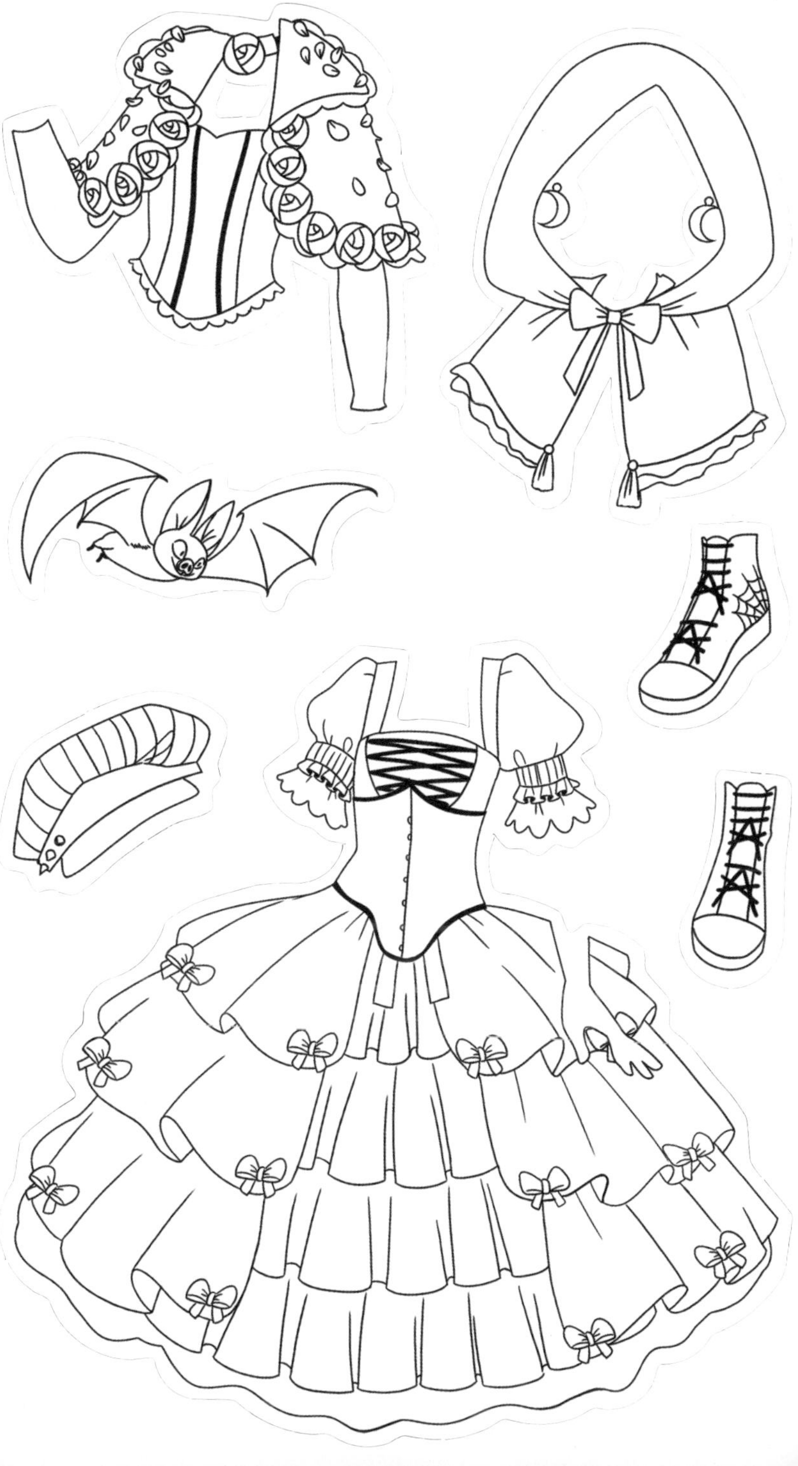

PRÉNOM :
Ophélia.

CARACTÈRE :
Enthousiaste
et indépendante.

AIME :
Les chats noirs et
les vieux grimoires.

PRÉNOM :
Luna.

CARACTÈRE :
Romantique
et mystérieuse.

AIME :
Écouter de la musique
et raconter des histoires.

PRÉNOM :
Raven.

CARACTÈRE :
Courageuse
et énigmatique.

AIME :
Les citrouilles
et les promenades
dans la nature.

QUELQUES EXEMPLES

Plonge dans l'univers

GOTHIC

SAIS-TU QUE LE MOT « GOTHIQUE » DATE DU MOYEN ÂGE ?

À l'époque, il est utilisé pour décrire le style d'architecture de certaines cathédrales dont les façades présentent de nombreux ornements.

Le mouvement gothique actuel est apparu bien après, dans les années 1970 ! La communauté gothique s'est développée avec son propre *lifestyle*. Après le look punk, la mode gothique est apparue et est devenue une véritable tendance !

LA MODE *GOTHIC*

Le look gothique, c'est tout un art ! Les couleurs des tenues sont sombres et mystérieuses : le noir, le violet, le rouge etc. La mode *gothic* adore les motifs, les matières et les ornements. Dentelle, rayures, velours, cuir... il y en a pour tous les goûts !

LA TOUCHE FINALE POUR UN LOOK D'ENFER ?

Il te faudra de nombreux accessoires : mitaines, chapeaux, bijoux, vernis etc. Avec ça, tu deviendras une vraie *Gothic Girl* !

QUELLE PERSONNALITÉ GOTHIQUE ES-TU ?

1 - LORSQUE TU CRÉES TES LOOKS PRÉFÉRÉS, TU PRÉFÈRES LE STYLE...

A. gothique et chic.

B. gothique et lolita.

C. gothique et rock.

2 - LE WEEK-END, TON PROGRAMME PRÉFÉRÉ, C'EST...

A. lire.

B. aller à un concert.

C. sortir au parc.

3 - CE MATIN, EN OUVRANT TON DRESSING, TU OPTES POUR...

A. une robe noire en dentelle.

B. des bottes gothiques.

C. une veste en cuir à capuche.

4 - TON ANIMAL FAVORI EST...

A. le chat.

B. la chauve-souris.

C. le corbeau.

TU AS UN MAX DE RÉPONSES A : tu es une gothique romantique et mystérieuse. Tu aimes les activités calmes et les tenues élégantes. En tant que styliste, tes matières préférées sont la dentelle et le velours, comme Luna !

TU AS UN MAX DE RÉPONSES B : tu es une gothique enthousiaste et indépendante. Comme Ophélia, tu es extravertie et pleine d'énergie. En tant que styliste, les looks osés et raffinés sont la marque de fabrique de tes tenues gothiques !

TU AS UN MAX DE RÉPONSES C : tu es une gothique courageuse et énigmatique. Comme Raven, tu ne recules devant rien quand il s'agit d'innover. Tes looks originaux et éclatants vont faire fureur sur les podiums !

Ophélia

Annabelle

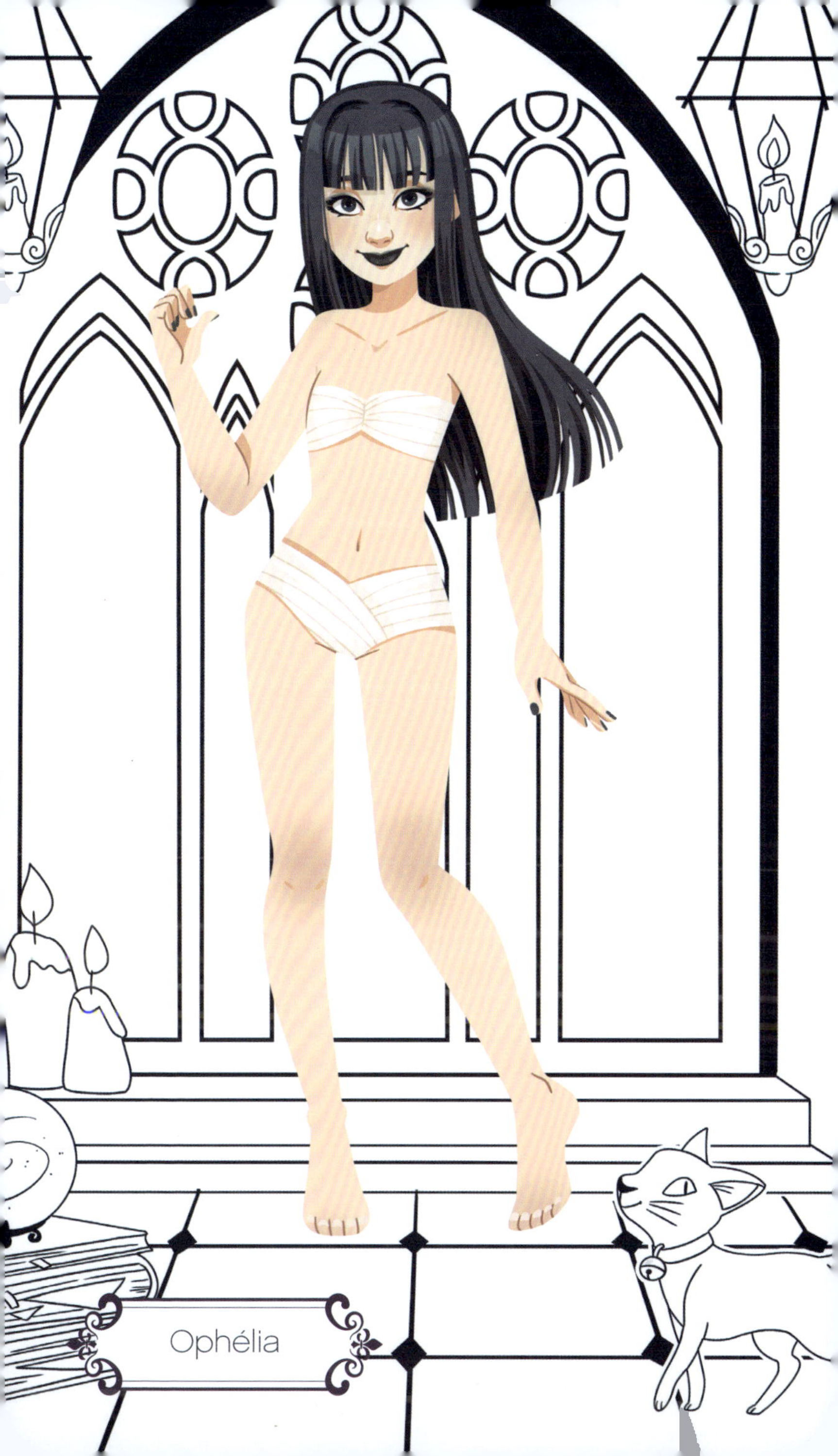
Ophélia

Ophélia

Luna

Ophélia

Ophélia

Luna

Raven

Ophélia

Winter

Lili

Annabelle

Winter

Ophélia

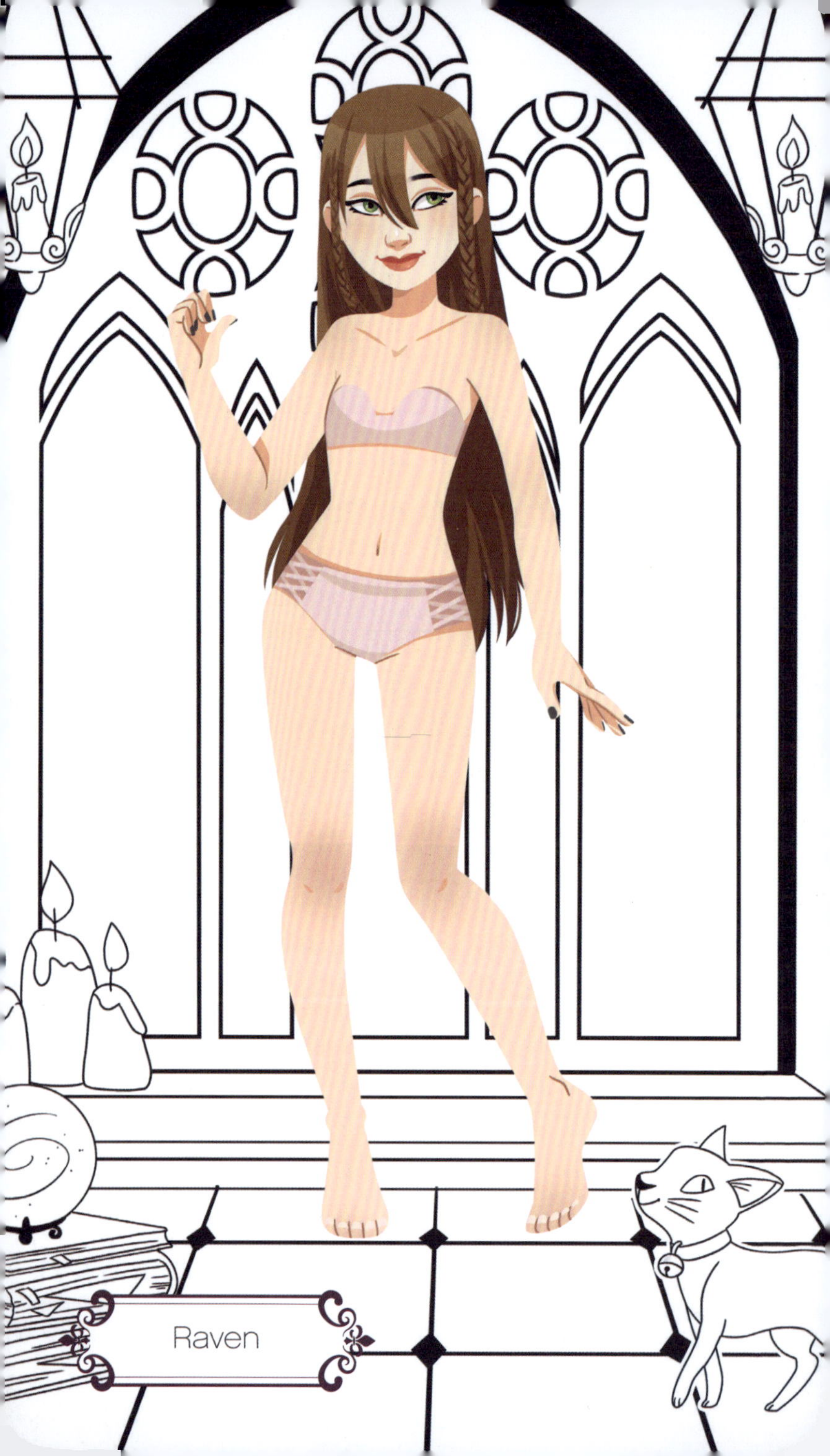
Raven

Lili

Raven

Ophélia

Winter

Ophélia

Ophélia

Lili

Ophélia

Ophélia

Winter

Raven

Ophélia

Luna

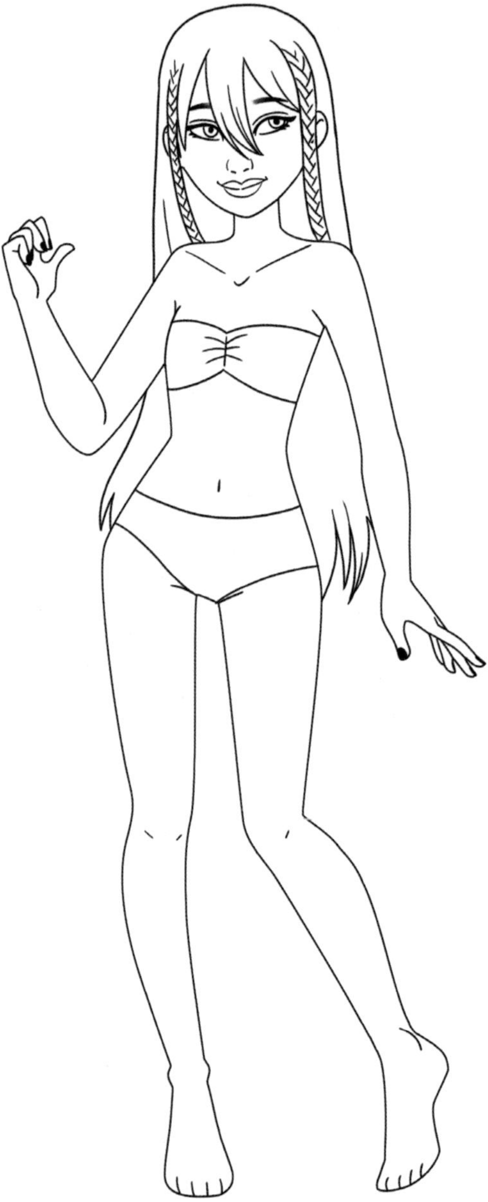

Raven

Ophélia

Lili

Ophélia

Ophélia

Ophélia

Ophélia

Ophélia

Lili

Raven

Wendy

Winter

Wendy

Raven

Winter

Luna

Annabelle

Raven

Raven

Luna

Luna

Ophélia

Ophélia

Luna

Ophélia

TUTO BRACELET
avec nœud coulissant

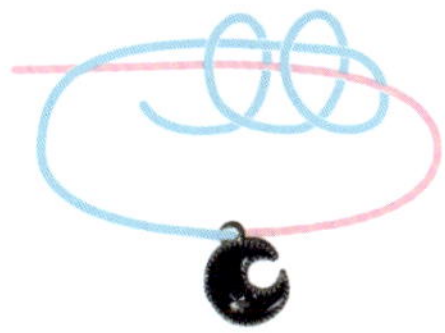

1. Entoure le cordon bleu autour du cordon rose deux fois.

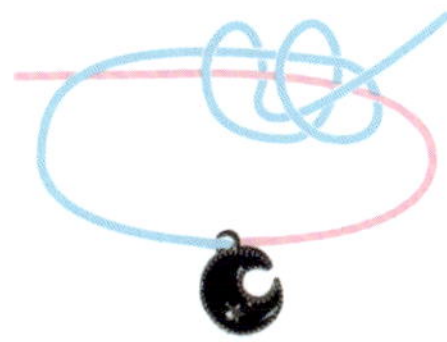

2. Passe le cordon bleu dans les deux tours et serre le nœud en tirant sur les deux extrémités du fil bleu.

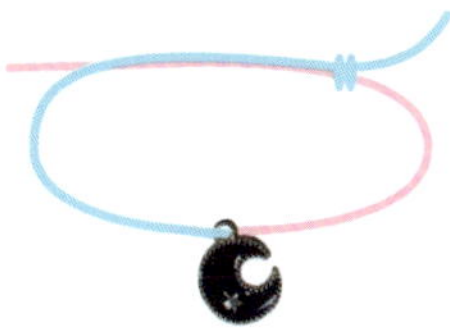

3. Ton premier nœud est terminé, tu peux passer au second.

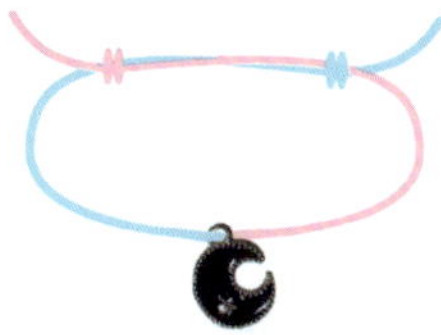

4. Entoure le cordon rose autour du cordon bleu deux fois et passe le cordon rose dans les deux tours. Serre le nœud en tirant sur les deux extrémités du fil rose.

Ton bracelet à nœud coulissant est terminé ! Tu peux le régler à la taille de ton poignet en tirant sur les deux extrémités.

Remerciements : Nous tenons à remercier particulièrement pour leur contribution à cet ouvrage : L. Araya, M. Baudry, J.-L. Broust, J. Courteboeuf, M.-S. Ferquel, T. Kreuter, É. Laudrin, C. Libersa, K. Marigliano, M. Méaux, L. Pasquini.

Illustrations : Shiilia

playBac

© Éditions Play Bac 2024
14 bis, rue des Minimes
75003 Paris
www.playbac-editions.com

ISBN : 978-2-8096-8939-6
Dépôt légal : juillet 2024.
Imprimé en Chine.